W0205124

ATRIUM

Clement C. Moore

Als der Nikolaus kam

Übersetzt von
Erich Kästner

Mit Illustrationen von Kai Würbs

Atrium · Zürich

In der Nacht vor dem Christfest,
da regte im Haus
sich niemand und nichts,
nicht mal eine Maus.

Die Strümpfe, die hingen
paarweis am Kamin
und warteten drauf,
dass Sankt Niklas erschien.

Die Kinder lagen
gekuschelt im Bett
und träumten vom
Apfel- und Nüsseballett.

Die Mutter schlief tief,
und auch ich schlief brav,
wie die Murmeltiere
im Winterschlaf,

als draußen vorm Hause
ein Lärm losbrach,
dass ich aufsprang und dachte:
Siehst rasch einmal nach!

Ich rannte zum Fenster, und
fast noch im Lauf
stieß ich die knarrenden
Läden auf.

Es hatte geschneit,
und der Mondschein lag
so silbern auf allem,
als sei's heller Tag.

Acht winzige Rentierchen
kamen gerannt,
vor einen ganz, ganz kleinen
Schlitten gespannt!

Auf dem Bock saß ein Kutscher,
so alt und so klein,
dass ich wusste, das kann
nur der Nikolaus sein!

Die Rentiere kamen daher
    wie der Wind,
und der Alte, der pfiff,
    und er rief: »Geschwind!

Renn, Renner! Tanz, Tänzer!
    Flieg, fliegende Hitz'!
Hui, Sternschnupp'! Hui, Liebling!
    Hui, Donner und Blitz!

Die Veranda hinauf,
und die Hauswand hinan!
Immer fort mit euch! Fort mit euch!
Hui, mein Gespann!«

Wie das Laub, das der Herbststurm
die Straßen lang fegt
und, steht was im Weg,
in den Himmel hoch trägt,

so trug es den Schlitten
auf unser Haus
samt dem Spielzeug und
samt dem Sankt Nikolaus!

Kaum war das geschehen,
vernahm ich schon schwach
das Stampfen der zierlichen Hufe
vom Dach.

Dann wollt' ich
die Fensterläden zuzieh'n,
da plumpste der Nikolaus
in den Kamin!

Sein Rock war aus Pelzwerk,
vom Kopf bis zum Fuß.
Jetzt klebte er freilich
voll Asche und Ruß.

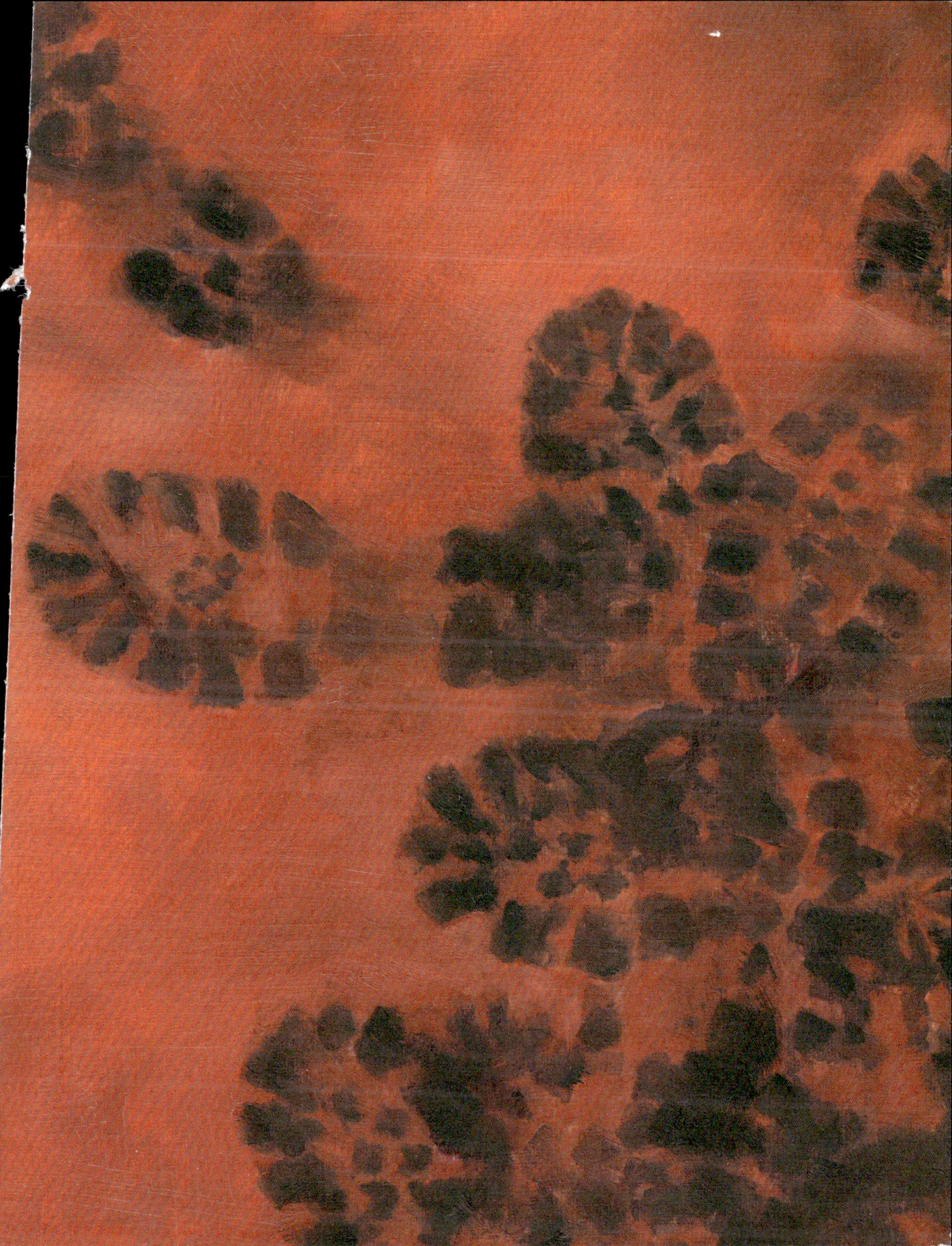

Sein Bündel trug Nikolaus
huckepack,
so wie die Hausierer bei uns
ihren Sack.

Zwei Grübchen, wie lustig!
Wie blitzte sein Blick!
Die Bäckchen zartrosa,
die Nas' rot und dick!

Der Bart war schneeweiß,
und der drollige Mund
sah aus wie gemalt,
so klein und halbrund.

Im Munde, da qualmte
ein Pfeifenkopf,
und der Rauch, der umwand
wie ein Kranz seinen Schopf.

Ich lachte hell,
wie er so vor mir stand,
ein rundlicher Zwerg
aus dem Elfenland.

Er schaute mich an
und schnitt ein Gesicht,
als wollte er sagen:
»Nun, fürchte dich nicht!«

Das Spielzeug stopfte er,
eifrig und stumm,
in die Strümpfe, war fertig,
drehte sich um,

hob den Finger zur Nase,
nickte mir zu,
kroch in den Kamin
und war fort im Nu!

In den Schlitten sprang er
und pfiff dem Gespann,
da flogen sie schon
über Tal und Tann.

Doch ich hört' ihn noch rufen,
von fern klang es sacht:
»Frohe Weihnachten allen,
und allen gut' Nacht!«

Der Autor

Clement Clarke Moore, 1779–1863, hat *A Visit from St. Nicholas* 1822 geschrieben. Moore war Professor in New York und schrieb viele Gedichte und Geschichten für seine neun Kinder. *A Visit from St. Nicholas* erschien zunächst anonym in einer Tageszeitung, nachdem ein Freund von Moore es dort heimlich eingereicht hatte. Es verbreitete sich schnell auf der ganzen Welt unter dem Titel *The Night before Christmas* und gilt heute als eines der bekanntesten Weihnachtsgedichte aller Zeiten.

Der Übersetzer

Erich Kästner, 1899 in Dresden geboren, begründete gleich mit zwei seiner ersten Bücher seinen Weltruhm: *Herz auf Taille* (1928) und *Emil und die Detektive* (1929). Nach der Machtübernahme der Nationalsozialisten wurden seine Bücher verbrannt, sein Werk erschien nunmehr in der Schweiz im Atrium Verlag. Erich Kästner erhielt zahlreiche literarische Auszeichnungen, u. a. den Georg-Büchner-Preis. Er starb 1974 in München.

Der Illustrator

Kai Würbs wurde 1970 geboren. Nach einigen beruflichen Umwegen hat er sich seinen großen Traum erfüllt: Er studierte Illustration an der HAW Hamburg und wurde innerhalb kürzester Zeit zu einem der gefragtesten deutschen Illustratoren. Mit seinen Bildern für Kästners *Der kleine Mann* begeisterte er Presse und Publikum. Er lebt mit seiner Familie in Hamburg.

FSC
www.fsc.org
MIX
Papier aus verantwortungsvollen Quellen
FSC® C043106

Neuausgabe
1. Auflage 2019
© Atrium Verlag AG, Zürich, 2019
© Thomas Kästner, 2019
Aus dem Englischen von Erich Kästner, 1946
Alle Rechte vorbehalten
Titelbild und Illustrationen von Kai Würbs, 2019
Foto Erich Kästner: Annelise Kretschmer,
© Nachlass Luiselotte Enderle, RA Beisler, München
Druck und Bindung:
Grafisches Centrum Cuno GmbH & Co. KG, Calbe
Printed in Germany
ISBN 978-3-85535-064-3

www.atrium-verlag.com